英雄曲
Hero Carmina

有時我會回到說笑的地方，
戴破頭盔，剁削皮靴，
手臂上有紅色刮痕，
零碎想法和受損信用。
有時候我回來時帶著
受到青銅甲冑網眼的挫傷，
徒然努力的色彩，
微小而無言。

〔阿根廷〕里卡多·盧比奧 (Ricardo Rubio) ◎著
李魁賢 (Lee Kuei-shien) ◎譯

作者里卡多‧盧比奧（Ricardo Rubio）與譯者李魁賢合照。

序：日常英雄
Preface: The Hero of Everyday

孩子警覺到技巧時，是在喚醒世界。

清除白蠟木的樹葉和彎枝，爬上苦楝樹，剪掉伸出的叉枝。

逐漸精練石雕藝術，磨利木劍，實踐快樂。

然後，初習晨課：在紙上劃線條，鉛筆把記憶變成結晶。

以魔法靈巧填補空間，想像現實有如空無之遠，採用地圖之音，下令文字噤聲。

有時手指會封閉元音，張開傷感；另外，在夜間悲痛時刻，散布理性面紗。

英雄，在慣性和夢想之間，灰頭土臉，開始現場直播結局。

里卡多·盧比奧

目次

戰鬥
Campaign

復員
Return

出征

有些事實就要發生，
很久沒有發音的單字
形同自願失去理念。
需要出席評審會，
佔據座席有利位置；
急切努力堅持：
清除沙漠，塗消邊界。

Departure

無英雄年代的旅遊
A Periplus without Heroic Dates

第一次嘗試熱烈激情，

需要氣氛、慾望；

這些只是誘餌，隱喻虛擬子彈。

為何我要子彈上膛，還持槍

　　腳上又要盾牌衛護？

為何手上都有夢想的鉛筆？

若正確事件與人無關，我到底要

　　在星球熱戰中尋找什麼？

有一部分在漂流中安撫死亡，

母親的哭泣、悲傷、痛苦，

男人暴怒把孩童丟到

　　惡濁池塘裡，

成為船長或是陸地上
　水手的詩文。

各血統都會孕育英雄
在歷史話題的表皮
　打開追求感覺。

此片段賦予我們直覺光明，
眼見在毀滅手中生死，
無論在機會長流中存在與否，
繃緊其本性，
其祕密實體，
其失聲。

以英雄可能性作計劃
The Possibility of an Hero as a Project

孩子發現音節實質，

意圖用聲音擊發，

竭力以理性經營致勝。

時間探尋夢想，

揮舞武器、典範，進行糾正，

零碎的傳說，

　　隨後，設法記住。

所以從沒有時間表的黑暗，

從無限的土壤，

引起夜晚與愛情思念

　　之間的破滅。

慾望盡量渾渾噩噩，

試圖控制白天，

　　剛開始時就破局。

訊息從胡言亂語中推衍，

計畫、花招，

騎士的旗幟

　　利用搞怪而飄揚。

我振臂、揮手、激昂，

為什麼沒有決心閃亮

　　超越濛霧？

在電影擁抱鏡頭

　　演出笑聲？

理想還不夠，

那是未定核心的飾物，

莊嚴、渴望、嚴肅，

是認同和幻影棲止所在。

英雄殘暴預測平靜
Hero's Ferocity Conjectures the Calm

我預見關閉可不是用膝蓋想的。

我的風險是在河岸

　　喘一口氣

出汗的手臂，苦惱的額頭，

日曆末端的疲憊雙腿。

在此土地上狡計橫溢。

據說，電漿混亂；

純謊言。

各人以其負載，

以其創傷，以其重量；

多年虛耗在錯綜糾纏，

習於擁抱和難為情，

慣於受委屈，
被戲弄、漠視。

告訴我如今要如何是好，
面臨刀刃，面臨宰割，
小心翼翼。
此刻，我容忍沉著。

軍事指揮官的室內戰鬥
The Indoor Fight of the Adalid

我看天黑啦

　　不知道外面是否入夜。

當不義之手,在午後橫行

　　一切都消失啦,

感覺窒息,周遭變得模糊不清。

謊言傲慢,

是絕境前夕的鯪魚,

理念成為惡夢的預兆。

我已習慣發牢騷

　　似乎可感覺到混亂,

必然,會興高采烈;

在歌聲中途,引起凌亂

並振動焦慮。

我膽敢訕笑流亡的想法，
天天如此。
我打算聽聽沉默，
導航理念，
在烏有中間連接發光點。
我不選擇地方或元音，
只有渴望、願望和熱望。

我跨過平常的門
　夢想有一天早上
　會克服白天和疲勞。
正是有企圖的枝葉。

英雄本性變數
Variables of Heroic Nature

上帝笑著播下理念
　　反省不會明白。
我怎麼會落到這地步
這麼分散的地標，
始終遠離輝煌的時刻？
是否有幽靈在天體餘燼之間
　　誇大機會？

後來我注意到這個任務
　　陰謀、激動、費力，
嘗試當著兒子低語的面前，
　　我所愛女人前面，
把真材實料食物趁熱

閃亮的火焰靜音。
不加以擁抱就是不好。

太陽天天熱燙燙，
每次呼吸都把燈磨亮；
無政府狀態和以往對抗
　停止神經網絡統治。

時間決定誰會輸而且
　怎麼輸。

宇宙中不會有基數
　回頭並非失敗。

我放下盾牌，解開腰帶

激起愛撫渴望。

房屋夢想合唱之樂，

隨著女人點燃

　火焰光芒。

意志以最荒謬的方式勝算
In the most Absurd Manner, Mind Plays to Victory

我茫然摸索前進。

堅持達到某種聲音

　　把光散播在記憶中。

疲勞沒有關係

　　我不會死，只會鬆懈。

慾望不明白其他餘事。

出現棘手麻煩時

與經常事物，

簡單、輕易摩擦，

我忘記思考

我忘記呼吸。

我節制投下賭注，

忽略兩難的理性。

有些夜晚他們搖滾叫囂。
黎明時
　平靜散落在露營地
　此時我全身盔甲武裝
　面臨白天。
昨天於今燒毀，
把長矛釘入現在
　散播顛覆時刻。
在黎明胡亂照亮時
　為什麼慣性還繼續？
什麼器官茫然產生時，

貪婪沒有界限？

我在每次努力武裝中
增加每次劈刺勇氣，
　獲頒榮譽。
我不想因內疚而趴下。

重大反思面臨事物本性
Weight Ruminations Fronting Nature of Things

面對健忘，

我有時間索賠

　一部分，求償；

提出警告，留下機會

　在短暫笑容的手中，

歷史的空洞裡

　每個角落都赤裸裸，

愛撫的每個角落裡

　都是外來震動。

可能許願正在此刻編碼，

　以忠實，或贖罪的擁抱

評鑑未來品質，

但空虛和哀嘆蒞臨：

我沒有踩出腳步聲音，

料想不到的走廊，

灰燼惡名昭彰。

尖叫聲是那無阻的震顫

隨意的一部分。

在日子漂移中，

空氣、土地、樹木、河流，

自然編織法則

　並確認非關信仰：

拒絕寬恕弱勢者，

播下懲罰動詞，
尋求衝突、毀滅。

如今我的手不同意擊劍
會譴責劍的重荷，
　且但願忘掉史詩。

如今往昔大聲卸裝，
當時非我之我，
想勝過正義十字軍，
在戰火之間爭鬥，
氣氛處在生存理性當中。

每次，

命運正如今日，

永遠醉醺醺大笑。

太陽神蒞臨不提供理性或感性
The Arrival of a Titan does not offer Reasons or Senses

街道是深淵，詐欺之口；

我行動偽裝成懺悔者。

把臉塗污，假裝有勇氣，

記住冷漠的順序

　　和零碎痛苦。

觀看的方式激發慾望火花，

燃燒的理性在煽動走向

　　無止盡的道路。

（二者都未必然，你我

　　始終是另一個領域的一部分。）

於此，在笑聲當中

　　黑暗飄落瀝青

滋養良心最炙熱的東西。

夜晚穿越難以理解的：

　　熱情、藝術、大膽，

那些韁繩點描迷宮

　　科學所解釋並不理解；

即使強調元音

　　超乎無用，

時間卻加以收集在廢物、

碎片、膽汁內喝掉。

凡說不出的理由都有惰性：

繆斯、靈感、細節。

我擺脫這種渴望，令其成真，

即使時刻增加脈搏虛弱，

　　在諸事出錯時

　　我也會在每次叫聲中確認。

鏡像表現把傳記

　　在刪改和遺漏之間隔離的

　　片段退回給我，

追蹤夢想重點、

幻覺、譫妄原因，

且發現悲哀的核心、

瘋狂、慌張、

內心振動。

可為最終要點
The Points can be Finals

我失去理性。

尚非容易忍受的險惡

有些事在淚水和肉體之間告終，

從付出到絕望。

今夜我要驅除哀傷；

在錶上留下慢分

　　和害怕痛苦；

我要忘掉在發燒手中

　　顫抖的愛情，

棋盤遊戲，

屋頂椽梁，

　　和安靜的晚餐。

除了劍和思考生活何時會艱困外

　我身不帶任何東西。

我會調整皮帶、臂鎧、

青銅胸甲，

我會出去面向遠方。

要走很久，

也許一去不回啦。

這一天不會荒廢
This Day will not be Ruin

高談闊論

無人放下殺人武器，
都選擇戰鬥
都試圖打敗神話。
每邊都在找動脈
象徵、偶像
王牌永遠不會打敗。

我是學徒，沒有選擇任務
還在領先第一人中成長
　　也會在石枕
和水鹽飯菜之間

列在殿後。

正當鼓聲綦綦響起

　骨頭中穿梭的

　英勇絲線仍然潛在，

群鳥在空中的理性

　會煽動我步伐，

給那童裝賦予意義

　孩童離開千次

也會回來千次

　繼續前進。

英雄考慮身份
The Hero Meditates his Identity

什麼力量？

什麼動作無止盡重複

　　促成炭的煉金術成長？

當真相是幽靈醒來，

　　一場鬧劇，本能的計謀，

　　沒有現在的概念

　　我當如何？

也許，從史前語言來看，

又笨拙又帶紅，

確定在等待震顫

　　且偷閒休息，

　　沒有皮膚或性腺。

何處，是真相的痕跡？

在童年的遊戲？

在成人的法律？

在我母親

　　受到喜歡的笑聲裡？

那哭聲如今是又驚奇又遙遠的幼蟲，

未完成概念，被慣性震驚的

　　荒謬怪胎。

凸顯的真相可能只是

　　唐吉訶德血液中的痛苦

或是遺傳哭泣的水色

可能懷疑雲是

　永久遙遠的現實。

在此時間和廣度的偽裝中

　宇宙似充滿無限

問題挖掘深入視野，

他們在語音中調節語言，

在空中刷出閃光；

在火災開始時

　徒勞引誘去碰火花。

周圍，事物黑暗
Around, the Darkness of Matter

我需要知道字句
　　是否因失明而起，
是否因孩子使用低語
　　產生語言能力
　　而誕生。
我需要感覺到聲音
　　是調節確實性
　　和墨水透露狂熱。

我不明白生存的理性，
　　或理性的生存；
我只感到煩躁不安，
不相稱男人之間的口角

和眼睛假裝天真的猶豫不決。

這個問題哽住我的喉嚨。

我始終在激起意願的

　機制符號下呼吸。

每天醒來

　幻想用溫暖的手端茶

　清晨動唇發出微笑；

每當日出，我迎風、上路，

突然牢騷話，或許正在等我，

　超越唯一決心。

如果疲勞變得陰暗，

我會跌落柏油路上，死得乾脆、
無感、微不足道、不足惜。

生活只是一聲尖叫，
　儘管呢呢喃喃。

在光影之間搖晃
Shakes Between Shadow and Light

恐懼可以寄宿在詩裡

　　每一詩行都可以確定是

　　盲目吠叫。

恐懼有永恆的感覺；

　　頑固、引人幻想，

　　奪走我們的雨和夏天。

太陽堅持瞭解我，

在人混亂門檻之前

　　散佈意義。

在反射分崩離析

　　和心臟亂跳疲勞

　　所發現此字母

　　什麼是關鍵？

現實邪惡，宇宙流動
　於完美胸懷和混亂之間
再創造荒謬的意志，
全宇宙內在本質，不可分割且靜止。

理解這個法則，時間關鍵，
我嘗試用墨水包紮理解，
仍然是崇高至上，

回聲的母親，
灰色側面女王：
字句。

戰鬥

血之旅，
　是此刻歌聲，
一向居間的低語
　逃亡之處
　剎那隱藏消失不見。

不會有吟遊詩人和
　吟頌日常英雄詩作。
有的是細微、看不見的
隨機節拍。

Campaign

他發出的聲音
With the Voice out of Him

我豪邁面對突如其來自殺，

揚升血性歌聲無作為

　　放開發自內心的聲音，

因此引燃食慾、貪婪、悲苦；

當黎明不屬於你時

　　就被剝削陷入怠惰。

敵人不知道如何屈服，

從未容忍、未休息；

只是毆打、冷漠、嫉妒、刻薄，

別人呼吸的發電機。

但此路線鋼鐵並不悲傷

　正當在找心

　或領袖管理階層。

透過青銅、骨材和尖叫，

消弭聲音，劃分喉嚨；

然後回到護套內，

無法入睡的幽暗靜默。

肉體如此這般受苦。

純粹不可能的榮譽
The Pure Impossibleness of Honour

這是武裝龍部隊和蠻橫，

虛榮和背叛，

在連串命令中的

　　戰鬥區。

屠殺開始時，有人笑，

有人期待佔優勢

　　且避開。

騷動不是風聲音樂，

　　是流血、泡沫、沮喪。

我不想待在這裡，

　　但願去澆水於大地綠色。

我喜歡想像微笑

　　擁抱，忘記

　　公務和伏兵，

儲存許多黃金和恐懼，

執拗的景觀怪物。

我想躲避爆發

侮辱、諷刺。

我想脫下皮革胸甲，

把弓箭丟在地上，

彎刀入鞘

　　消除裸露幸福的虛榮。

我希望能下雨。

混沌理論或必要的人
Chaos Theory or the Necessary Man

我是戰鬥中的影子，

確定會不幸的吼聲，

怠惰的徒勞勇士

　　沒有發光的理念回音。

他在螢幕前酣睡，

　　相信一切。

是機會矛盾或是嘲弄？

是空洞無物嗎？

鬥爭在深淵的

　　景觀中轉型為

陽光下的霧場，

在工作枱水平面

　　耐心擬訂計畫，

因為寶座安置在貪婪中。

我在吹噓假裝欺詐時

　　感受火刑痛苦和惡夢，

當我舉起彎刀、筆、檣桿，

氣候和寒冷堅持

　　滿懷的瘋狂爭論。

我很欣賞夜晚的莊嚴，

有如睡眠和希望的味道。

我閉眼補給空氣。

理性搖擺者
Tremblers of Reason

當道路迎面上坡時

　不難指揮步伐

　堅持行進的方向。

我感知宇宙振盪

　有我未直覺到的計畫，

寒霜讓我困惑

　無可防止絆倒之事。

有時太陽照不到家門；

其他時間

　天空傾向覆雲，無雨。

清醒逼我們期望理性。

我知道我能呼吸，

　雖然忽略慣性的理性。

我只是試圖克服窒息、

壓迫、無聊、酸腐，

無人性的公平希望。

邏輯、判斷、理性何在？

詭計、荒謬、愚蠢、激動，

令我懷疑到暈眩

眼花撩亂，夜夜瞳孔縮小，

淨空骨髓，扭曲羅盤，

腐蝕掉活力。

真相被隱藏，在空中飄散，
每一項兩難都容忍原因
　即使自然忽略
　虔誠的全部素質。

全部指甲和牙齒
Unguis et Rostro Supra Eorum

我是納爾邁[1]，

就是薩爾貢暴君，

漢尼拔遺留的鄉紳，

東塔的第一位石弓射手，

單手作家或雅典

　　最後堡壘的橋上衛兵；

我是佩德羅．薩爾米恩托[2]的

　　舵手，

來自福卡斯的加利西亞收割者，

　　失業又遭遇不公平。

---

[1] 納爾邁（Narmer）是上埃及國王，於西元前3100年統一全埃及，被古希臘歷史學家希羅多德（Herodotus）稱為美尼斯（Menes）。

[2] 佩德羅．薩爾米恩托．德．甘博阿（Pedro Sarmiento de Gamboa, 1532~1592），文藝復興時期歐洲歷史學家和航海家，曾遊歷祕魯，著有《印第安人的歷史》，描述印加人所遭受暴力和不公平。

我是醞釀中連鎖店裡

所有花粉片，

灰色成果

　注定要照顧世界

　並保持常新。

為結合聲音，我繪此線，

這是一條鼓勵線，

這些疾逝標誌被迫加熱。

現在，讓我們都走吧，

讓我們停止戰鬥。

我想清晰聽清黑色氣氛，

心中留下沒有皮膚的妊娠紋

　在矛和箭之間嗡嗡響。

也許是戰鬥的餘燼

　使廢墟未決，

粗魯、受傷，

黃金虛榮，

單手摀住臉頰哭泣。

也許雨就要停啦

　濕氣會消失無聲無息。

休息時間延長時刻
The Times of Rest Dilate the Hours

哭聲被忘掉啦

　或許在記憶中響起

　而記憶把哭聲脫落。

發生在熬夜、暫停中。

往昔摩擦觸及我，

深思和懷疑用鹽覆蓋。

事實上，時間放鬆百葉窗、

　邊界、理想；

震動時鐘，

令其疲勞、令其消耗，

然後穿越房間消失無蹤

　默認夢想。

沒有多少歲月
　就擴延記憶鐘聲
爬上搖晃的肩膀
　輕飄飄撞擊
　白天重量。

去年秋天的小鳥
　變成孤獨飛翔。

這就是世界規模。

虛構疤痕
Fiction Scars

記憶有空洞妄想的味道，

就像另一世紀印刷的報紙，

聽起來像銀版照相；

或許裝做無聊的夢想，

卻是廢物，鏡頭的悲傷。

我記得衝動的源由，

如果要戲弄夢想

　　藉意象捕捉幻想

　　現實就不用編織啦。

我記得想像的未來，

遠方視域、高度震蕩。

黃昏時誘發躺臥擁抱

沒有約會的微笑時刻。

似乎毫無真實感。

如今幻覺沒有回應，

如果我到聲嘶力竭的

　　地方去旅行

　　只能維持日常脈搏。

街頭喧嚷吶喊阻礙諦聽寂寞，

只是散步似真的，

　　儘管目盲。

英雄旅遊的閃爍
Flickers of an Heroic Periplus

計算我的步數時，道路很固執，

這種鋼的奉獻者以親和力來查尋，

他們鼓勵你做夢，

他們引導創造烏托邦，

把笑聲翻譯成適用語言。

他們這種專業知識堅持理性，

因為我又勤奮又不安靜，

因為我努力，因為我聽話

　　而我茫茫然

因為我是順從的聖騎士。

他們在行進中亮出指南針，

有箭的急速；

一手引導坐騎，

另一手拔出短劍。

快速、奮力、脅逼，

血脈賁張、沸騰，

提高聲音，衰減壽命。

勇敢不顧受傷、不予理會。

年鑑不需要長期保持自己，

可成為我和她的一部分。

在舊牆上給我們留下

疲勞、負擔、錯誤、另外水痕

　　傷害到爭吵。

如今，我假裝沉默，勇氣少啦，
我陷落在回音裡，
火熱空氣中，勝於夜間驅散。
簡而言之，安靜啦。
沒有鏡頭會發現我缺席。

垃圾在開放夜間摩擦
Frictions of Rubbish in the Open Night

夕暮蒞臨。

可悲的酬勞

　　逼我重拾勇氣。

我膽敢始終呼吸

　　把呼吸放在無用事物上，

我服侍別人，浪費自己。

鞏固力是喜劇。

城市的陰影沿寂靜

　　街道徘徊

　　我在此漫步毫無生氣。

大草原有死刑、罪惡、驅逐，

　　以及甚大空間。

低語侵略眼睛，

　佔據大腦；

夏熱，房屋可避寒，

疲勞擴散盲目

　急於擁抱光亮。

我嘗試熱衷、堅持實存，

我憤慨，我挑戰，

這神經正在血流涓涓。

當詐欺鋪天蓋地，

沒有安慰聲音，

公平成虛構，一切莫非瑣碎。

日子再度死寂、崩潰。

未曾存在過。

英雄在憂鬱和內心熱烈之間分裂
The Hero Splits Between Blue and Ardour of Inside

回到避難所時，天空陰沉。

我的盔甲破損從喉嚨到胳臂

　　我還能大喊大叫。

情緒顫抖回想起天譴，

肺腑烈火，

存心不良的殉難。

我變成意象，

努力結果使理性麻木，

侵入神經，封住我們嘴巴。

我從未安靜過

　　也沒有評議另外命運。

在每項善良的記憶裡
　真相被攪亂，
攻擊不情願，自相矛盾，
將實體發送給爪牙
　以發射憤怒
　無信仰的恐懼
　力求制勝。

盲目、耳聾、人猿，
被負擔激動，
我在煤炭深淵中
　尋找不在場呼吸。

不會有牆壁阻擋夢想
There would be not Walls to stop Dreams

勇氣獲得贏面，

但記住戰鬥

　可抵制消沉：

墮落、受傷、

夜裡飢餓，

折磨減輕體重，

噩夢恐怖而噤聲。

英雄不會示弱，

汗濕肌肉，右手大砍刀；

村民自豪、天藍、頑強，

　拒絕沮喪。

前進時，風掃過植林

散佈新滴入

　農作物氣孔內。

男人應該給自己時間

　壓抑緊迫感。

遞交給騙局，

我不知道是否下過雨

　在此城市無答案。

我保持沉默，不需查詢

　無人會說什麼，不必堅持。

復員

街上，殘忍從不唱歌，
在守望中恭維自己，背叛
並且扭曲世界。
我因害怕風暴而掩飾自己；
在這驚濤大海中
坦率無用。

Return

榮耀賦予復員
The Glory Imposes Returning

滿月照耀光明舞會

　在歡躍慶祝

　休戰舞蹈之時

　下起魅雨。

點燈時機已到，

舉行儀式

　歌曲揚升到炬火，

聽到鳥鳴藍調。

萬物受制於少數最壞類、

異樣空氣壓抑和訓誡，

以及不當秩序。

田野寂靜無聲時

有星星闓明的夜，
無動詞的感覺應足矣，
微笑、蟋蟀和夜晚。

街上有潮濕芳香
　煽動群眾造成某些傷害。
故事裡看不見，我不點燃照明彈。

如今我身為無名之士，
在眾人當中消失。

藉休息贖罪
Redemption by Resting

有時我會回到說笑的地方，

戴破頭盔，剁削皮靴，

手臂上有紅色刮痕，

零碎想法和受損信用。

有時候我回來時帶著

　受到青銅甲冑網眼的挫傷，

徒然努力的色彩，

微小而無言。

我回來鍛劍銳利，

在劍鋒加載嘶嘶聲

　並調整手柄，

穿上護臂板。

我來為承諾、榮譽

和男性氣概背書，

藉婦女和兒童

　滋潤血液色澤。

我把盔甲留在街上

　戟放在兩階梯。

我歸來準備簡單燒火，

為晚餐加熱。

很快要繼續工作，

風的任務，

志在峽谷邊緣。

我將面臨打擊和暴力，

亂搞和悲劇；

隨便。

我可以護衛良心

　　克服恐懼所在的裂縫。

在雕像腳下灰心
Fainting at the Feet of a Statue

只有大象

會回來等死……

——歐馬‧喀奧（Omar Cao）

還有，要回來求死，

看秋天蒞臨

　　只有乾渴的地方。

回來補夢和勸告

　　在戰鬥中精神不振

或利用時間避免歲月誕生，

　　正在期待不再來。

白天的戰鬥提到仰慕、

臭香水、渴望。

軍團的污名跟著我

　並且承擔後果，

不安全的完整呼吸

和中古式的討論

　有曖昧角落。

在解開皮帶時

　總是有清醒的回應。

　匕首若刺入不夠深

　榮耀的風險消失

　　值得犧牲。

有誰瞭解心跳

　或是熱情的顏色？

然而，

我們都知道秋天

　可以乾躁孤單多久。

英雄在蠟燭火焰中尋找庇護
The Hero Seeks Shelter in the Flame of a Candle

這是吾家、吾土、吾國嗎？

只有常春藤保護牆壁，

植物已發芽，

顏色各異，

有其他生命存在嗎？

誰會注意黃銅門環？

是商賈、劊子手，

　　或是世人？

時間已逝

　　放鬆心情無為，

時間蝕掉鎖，留神，

從窗戶晾乾木頭。

我看到孤單且缺百葉窗，

成熟濕度、新陰影，

　　聲音瑕疵，因靜默而乾澀。

當我想飛翔時

　　童年時代又永恆

　　又短暫的願望

　　那熱情如今安在？

我透過窗觀看

　　以便指揮專注，

記住明亮度，

救我世界。

生命傳遞記憶直到意象賦予任務
The Being Transits the Memory until the Image that gives it an Appointment

我記得這房屋的模樣，
其中的爐子，無菌，
對第一面鏡子的恐懼感，
被河流帶走的樹葉。
我多次檢查其堅固耐用，
其熱量，受到馬賽克照顧
　　及其持久慣例。

樹枝搖搖擺擺
　　靠近窗戶，
　　我眼睛聽得見；
每次突發都在嘗試，
各個葉脈，一連串傷口。

意象在每個角落等待，
　對存在賦予意義。

窗玻璃外，我看到孩子在遊玩
我不知道他是在花園裡玩
　還是在我短暫回顧裡。
就是那一瞬間
或者是孩子在看
　而我是夢？

懷念在呼喚時，形影增長，
　記憶受到干擾。

在嬰兒房內休息
Rest in the House of Infancy

牆壁每一步
　　都試圖想起我是誰。
我上到收藏室檢查
　　熱情、任性的門檻。
我發現妄想和夏娃的樹葉，
在深淵底部風化。

有時我發現光芒，
到心智清明的捷徑，
慰問或連禱之途；
雖然那是哀悼餘味
　　或叛逆的補救，
夜裡撫慰創傷

在你開始做夢之前

　沉默是好食物。

膽量勝於機警

我放逐瞬間冷漠，

喪失理性，

我恢復誠信。

當夜晚在視網膜上

　接受黑暗，

我不睡覺，

只是閉眼在內心交戰。

模擬原則
Simulation of a Principle

在房子後面有

　　運動場

　　吊掛茅草繩；

沙堆裡

　　蘆葦陷阱已舊。

手杖具備鐵鎬

　　訓練勇氣，

　　還有乾土牆

　　使肩膀和盾牌更硬。

他前進、攻擊、劈刺；

他跳躍、砍殺，重振自己。

他的劍在空中比劃出曲線

　　與簡單事物敵對。

傳說的第一劍使力

　　笨拙且荒謬，本質粗魯，

　　純真。

他不欲受傷，只想表現技巧

　　且等待稱讚。

測驗結束

　　當戰馬備妥

　　出征瞬間

　　疾速馳向烏有。

英雄出征的筆記
Notes of an Heroic Start

我對惡德戰士一無所知

感到無助、憂傷、

疲倦。

我不應該放棄或降服，

我還是不懂灑熱血，

　雖然我能夠合計數字和距離

　同樣靈巧。

我記得戰鬥故事，

教訓、終結、不屈：

善用矛，熟練名劍，

精準的弓弩，

以及在真空中散佈

　月桂花環的工作。

我相信每次行軍，

都敢前往陷落之地，

邊境有彈藥正在

　爆炸的縣市，

惡臭液體燃料味如

　鋼鐵科學。

每次揮刀我都用力出擊

使感覺窒息；

我想像傷勢，指望功效，

　　並查尋其他失明形式，

提高聲音、雄辯、能量，

向上撞擊悲嘆和哀叫

　　把風景留給逃命者。

我離世界不遠，

在這裡成長

　　我在紙上拉扯陰影

　　假裝前哨戰。

如果疲勞變成灰蒙蒙，

我會坐在瀝青上，乾脆休息，

麻木、最起碼、無動於衷。

有時候我會去找我，

其餘時間，想都不想。

伏兵威脅各個角落
The Ambush Threatens on each Corner

疲勞已止息，等待

　　約定的攻擊。

或許我的青春尋求讚美，

　　鍛練肌肉和氣勢；

我從未設想盾牌的裂縫

　　也沒有想到把激情

　　帶往擴散的角落。

我只要開始測量狡詐

　　令我在寒冬冰凍

　　我被文化成陶醉狀態。

今天我陷入嚴重哈欠

　　沒有憤怒、封鎖；

我忘記渴望

　　而且不寄望我所期望之事。

我自知決心說出我不想說的話，

被迫採取我不邁出的步伐。

我慢慢做，有點貪心。

幹嘛要急急遺忘？

描寫世界或計劃不可行
Description of World or the Impossibility of a Project

我的城市發出機械惡臭，
污穢、廢物，失望。
計算不會休止。

此地無人擁有一切痛苦。
自尊倒在狂妄人物面前
　　在火花和器材之間，
線圈、自治，
金屬和針織燈籠，
壞習慣愈多愈糟糕。

你在此出生且快速死去，
被咀嚼、融資、驅逐，

在收入和粗俗之間乞求快樂。

損失是成長中的算計；

美德則是前一本書的印記。

恥辱蔓延，健忘亦然，

劊子手帶來鬧劇

　　挖掘蒙羞的坑洞。

愚蠢、詭辯，被遣返，

諷刺的聲音帶有半透明謊言。

全都為了浪子世系，

只有烘箱在製作麵包。

白色書頁、白色字母，靜默
White Pages, White Letters, Silence

我要靜默的預兆擱在膝上。

或許我在夜裡播種

　　躺在黑暗中。

當發燒攀上我的手臂

　　熱血歡騰的歌聲揚起

　　慣性屬於我，

雖然我說謊成性

　　每次影子都會殺我。

如今，我的聲調不在紙上閃光，

要消除記號已是徒然。

我鍛練語言，集合痛苦，

當絕望來臨時

重複同樣手勢。
我的字辭設使是深色，
是我奪走其雨量和夏季，
否認其笑聲。

我感覺到霓虹燈背後，
在聖誕節氣球
　　或模糊飲料下方，
有驚人結局、意外機會，
全身惡意，
在等待。

結尾
Epilogue

每個謊言都是拋擲飛揚的毒素。

每人都贊成是騙人的，

幹得好，正是最傷的地方。

這次詭計就是鹽和深淵。

為了這個世界

　　耳朵長苔蘚被覆。

秋天的鹽是由於絕望，

由於熱心，

由於深思熟睡。

全部為一人，這一位是他人。

沒有灰燼或特質或專長

是事關健忘的時間或距離。

關於詩人
About the Poet

　　里卡多・盧比奧（Ricardo Rubio），1951年生於布宜諾斯艾利斯。詩人和小說家，也出版散文、戲劇集，其中有11齣劇本在布宜諾斯艾利斯和其他省份，有一齣在西班牙首演過。擔任過阿根廷作家協會文化部長（2005~2007年）和會長（2007~2010年）；2010年成為榮譽會員。也擔任過共同創立的美洲詩協會祕書長（1999~2002年）。

自1980年起，主持La Luna Que文學社團。主編
雜誌有《La Luna Que》、《Tuxmil》和《南方宇宙》
（Southern Universe）（義大利語和西班牙語雙語，與
Antonio Aliberti合作）、《熔鍋》（Crisol）和《冷靜
思考》（Cold Considering）。詩有部分翻譯成義大利
文、法文、俄文、英文、德文、漢文、羅馬尼亞文、
保加利亞文、加泰羅尼亞文、阿爾巴尼亞文、塞爾維
亞文、阿拉伯文、波蘭文和加利西亞文。參加國際作
家協會Pjetër Bogdani（設在科索沃普里什蒂納市，會
長Jeton Kelmendi）；世界詩人運動組織，擔任駐阿根
廷代表；及其他社團。

　　詩方面，出版過《奇異發明趨近外界休閒》
（1978）、《亦步亦趨》（1979年）、《E調》（1980
年）、《崛起的民族》（1986年）、《花的物語》
（智利出版社LAR，1988年）、《樹與鳥》（1996
年）、《模擬玫瑰》（1998年）、《典型》（2001
年）、《實質面積》（2002年）、《紅火球帝王花》

（2002年）、《折磨者傳說》（由Mónica Caputo插圖，Juan-Jacobo Bajarlía寫序，2002年）、《晚霞》（2002年，2003年，2014年）、《水線之間》（2007年）、《愛瑞雅妮的線球》（與其他兩位詩人合著，2011年）、《Tercinas》（2011年）、《灰色狂想曲》（2016年，2018年）、《英雄曲》（2017年）。

另外出版《Calumex》（小說，1984年）、《沉默的情節》（故事，1997年）、《頭韻、發升及其他遊戲》（迷你故事，2006年）、《灰色小故事》（2010年）、《密封遺產的編年史》（小說，2011年）；論文有《Emilse Anzoátegui, 1956-1999》（詩選及初步研究，2000年）、《Elvio Romero，現實力量》（巴拉圭，2003年）、《熱門土地的Elvio Romero》（2006年）、《詩人論詩人》（合著，2010年）、《友人的旁注José Martínez-Bargiela》（合著，2011年）、《詩人論詩人第二集》（合著，2011年）、《Elvio Romero：作為智力來源的情感—頌詞》（第

4分冊，2018年）；劇本有《漩渦》（The Swirls，戲劇，1997年）、《沉默的情節》（戲劇版，1998年）、《夜間筆記》（The Night Scribe，詩劇，2002年）。

對其作品之評論，有Graciela Maturo出版《啟示詞：里卡多・盧比奧的詩路旅程》（*La palabra revelatoria: el recorrido poético de Ricardo Rubio*），附引用詩選集（Sagital出版社，2004年和2015年）；和Jorge Bach著《關於里卡多・盧比奧》，收在《詩人論詩人第三集》（2016年）內。

在詩、小說和戲劇方面榮獲許多獎項和表揚。經常應邀參加美洲、歐洲、亞洲和非洲的國際詩歌節。詩獲選入大約五十本不同語言選集。曾任阿根廷、墨西哥和西班牙許多詩和短篇小說評審委員。

關於譯者
About the translator

  李魁賢，1937年生，1953 年開始發表詩作，曾任台灣筆會會長，國家文化藝術基金會董事長。現任國際作家藝術家協會理事、世界詩人運動組織副會長、福爾摩莎國際詩歌節策畫。詩被譯成各種語文在日本、韓國、加拿大、紐西蘭、荷蘭、南斯拉夫、羅馬尼亞、印度、希臘、美國、西班牙、巴西、蒙古、俄羅斯、立陶宛、古巴、智利、尼加拉瓜、孟加拉、馬其頓、土耳其、波蘭、塞爾維亞、葡萄牙、馬來西亞、義大利、墨西哥、摩洛哥等國發表。

出版著作包括《李魁賢詩集》全6冊、《李魁賢文集》全10冊、《李魁賢譯詩集》全8冊、翻譯《歐洲經典詩選》全25冊、《名流詩叢》42冊、回憶錄《人生拼圖》和《我的新世紀詩路》，及其他共二百餘本。英譯詩集有《愛是我的信仰》、《溫柔的美感》、《島與島之間》、《黃昏時刻》、《給智利的情詩20首》、《存在或不存在》、《彫塑詩集》、《感應》、《兩弦》和《日出日落》。詩集《黃昏時刻》被譯成英文、蒙古文、俄羅斯文、羅馬尼亞文、西班牙文、法文、韓文、孟加拉文、塞爾維亞文、阿爾巴尼亞文、土耳其文、德文，以及有待出版的馬其頓文、阿拉伯文等。

曾獲吳濁流新詩獎、中山技術發明獎、中興文藝獎章詩歌獎、比利時布魯塞爾市長金質獎章、笠詩評論獎、美國愛因斯坦國際學術基金會和平銅牌獎、巫永福評論獎、韓國亞洲詩人貢獻獎、笠詩創作獎、榮後台灣詩獎、賴和文學獎、行政院文化獎、印度麥氏學會詩人獎、台灣新文學貢獻獎、吳三連獎新詩獎、台灣新文學貢獻獎、蒙古文化基金會文化名人獎牌和詩人獎章、蒙古建國八百週年成吉思汗金牌、成吉思汗大學金質獎章和蒙古作家聯盟推廣蒙古文學貢獻獎、真理大學台灣文學家牛津獎、韓國高麗文學獎、孟加拉卡塔克文學獎、馬其頓奈姆‧弗拉謝里文學獎、秘魯特里爾塞金獎和金幟獎、台灣國家文藝獎、印度普立哲書商首席傑出詩獎、蒙特內哥羅（黑山）共和國文學翻譯協會文學翻譯獎、塞爾維亞國際卓越詩藝一級騎士獎。

語言文學類　PG2608　名流詩叢39

英雄曲
Hero Carmina

作　　　者／里卡多·盧比奧（Ricardo Rubio）
譯　　　者／李魁賢（Lee Kuei-shien）
責任編輯／陳彥儒
圖文排版／蔡忠翰
封面設計／劉肇昇

發 行 人／宋政坤
法律顧問／毛國樑　律師
出版發行／秀威資訊科技股份有限公司
　　　　　114台北市內湖區瑞光路76巷65號1樓
　　　　　電話：+886-2-2796-3638　傳真：+886-2-2796-1377
　　　　　http://www.showwe.com.tw
劃撥帳號／19563868　戶名：秀威資訊科技股份有限公司
　　　　　讀者服務信箱：service@showwe.com.tw
展售門市／國家書店（松江門市）
　　　　　104台北市中山區松江路209號1樓
　　　　　電話：+886-2-2518-0207　傳真：+886-2-2518-0778
網路訂購／秀威網路書店：https://store.showwe.tw
　　　　　國家網路書店：https://www.govbooks.com.tw

2021年7月　BOD一版
定價：200元
版權所有　翻印必究
本書如有缺頁、破損或裝訂錯誤，請寄回更換

讀者回函卡

國家圖書館出版品預行編目

英雄曲/里卡多.盧比奧著；李魁賢譯. -- 一版.
　-- 臺北市：秀威資訊科技股份有限公司,
2021.07
　　面；　公分. -- (語言文學類；PG2608)(名流
詩叢；39)
　BOD版
　譯自：Hero Carmina
　ISBN 978-986-326-926-7(平裝)

885.7251　　　　　　　　　　110009765